강한 엄마
# 부드러운
## 질문
### 50가지

,

쉼표 찍는 그 순간이
변화의 시작이다.

강한 엄마
부드러운
질문
50가지

백미정 지음

ꆌ 프로방스

# "쉼표 찍는 그 순간이 변화의 시작이다"

'청바지가 잘 어울리는 여자' 라는 가사로 시작하던 노래 제목, 〈희망사항〉.

엄청 유행했던 걸로 기억한다. 세월은 흘렀지만 청바지가 잘 어울리고 밥을 많이 먹어도 배 안 나오는 여자가 되고 싶다는 나의 희망사항은 변하지 않았다.

남자가 여자에게 갖는 희망사항을 노래하다가, 여자가 남자에게 갖는 희망사항을 노래하는 부분도 있다.

'그런 여자에게 너무 잘 어울리는, 난 그런 남자가 좋더라.'

얼마나 통쾌한 복수극인가. 한 마디로 정리하자면,

"너나 잘하세요." 정도 되겠다.

한 번 생각해 보자.

나는 희망이 될 수 없는 삶을 살고 있으면서, 남에게 희망을 바라고 심지어는 남에게 나의 희망 자체가 되어 달라는 생떼를 쓰며 살고 있진 않은지. 인생도, 희망도 먼저는 나의 것이 되어야 한다. 인생 속에서 희망을 가지기 위해서는 현재를 잘 살아나가야 한다. 지니의 요술램프도 아니고, 오늘을 개떡같이 살고 있는데 내일이 갑자기 찰떡으로 변할 수는 없다.

나의 하루하루를 잘 살아가는 가운데, 문득문득 스쳐 지나가는 생각들을 살짝 잡아두고 더 깊이 관찰해 보자. 내가 잡아당기고 싶었던 그 생각들은 나에게 성장하라고 신호를 보내는, 하늘이 허락하신 운명이다. 좋은 쪽으로 발전시켜 봐야 하는 가치이든, 깡그리 잊어야 하는 기억이든, 쉼표 찍는 그 순간이 변화의 시작인 것이다.

그래서 우리 모두 잠시, 쉼표를 가져보자(좀 어려운 쉼표가 될 듯하다).

혼란.
불안.
우울.

무기력.

위의 감정들을 온 국민들이 온 몸과 온 마음으로 흡수할 수밖에 없는 나날들을 살아내고 있다('살고 있다'가 아닌, '살아내고 있다'가 우리 마음과 상황들을 명확히 보여주고 있는 표현일 것이다). 나도 별반 다를 수 없었다. 나의 1순위 낙이자 습관인 독서를, 여느 때와는 달리 조금의 비장함으로 백신을 맞듯, 시대를 대변하는 책들을 읽어 나갔다.

코로나 사태는 우리에게 생태계의 공생질서를 이루고 인간의 존엄성을 찾아내라는 자연의 메시지다. …… 미래의 능력자는 자신의 모순을 닦는 자기 성찰과 수련에서 출발하여 사회를 이롭게 할 실력을 겸비한다.

『포스트 코로나』 - 임승규 외 6명/한빛비즈

한 사람의 예감은 예민함으로 끝나지만 한 사회의 구성원들, 지구인들의 예민함은 시스템에 대한 근본적인 성찰을 낳고 새로운 삶의 방식을 모색하는 계기로 작동할 것이다. …… 종식은 불가능할지도 모른다지만 만일 그런 날이 온다면 부디 코로나 19에는 인간들 사이의 공조와 지지에 매우 취약한 바이러스였다는 흔적이 남는다면 좋겠다.

『포스트 코로나 사회』 – 김수련 외 11명/글항아리

오늘 내 마음의 표준을 바꾸는 일이 우리나라의 미래, 우리 아이들의 미래를 바꾸는 가장 중요한 일입니다.

『코로나 사피엔스』 – 최재천 외 6명/인플루엔셜

마음의 면역력, 회복 탄력성의 속도는 사람마다 다르다. 나와 다른 이들을 기다려주고 손잡아주는 마음, 그 마음이야말로 이 코로나 시대에 우리를 가장 인간답게 만들어주는 마음이다. 그리고 그 마음이 가장 힘들 때 나 역시 구원해 줄 것이다.

『리부트』 – 김미경/웅진지식하우스

나에게, 이 시대에 반드시 필요한 단 하나의 단어를 선택하라면 주저 없이 '존엄'을 택하겠다(그대는 어떤 단어가 떠오르는가?).
한 개인은 가치 있고 존중 받고 윤리적인 대우를 받을 권리를 타고 났음을 나타내는 말. 코로나가 깊고 넓게 만들어 내고 있는, 지금까지와는 결이 다른 불안과 우울과 무기력을 상대할 수 있는 힘.

그리고 나의 존엄과 너의 존엄을 지켜 내기 위해 반드시 해야 하는 작업이 있다. '성찰'이다. 후회하고 반성하고 몸부림치는 가운데 변화하고 성장해야 하며, 올바른 가치관과 신념을 견고히 해야 한다. 즉, '혼돈으로부터의 질서'와 '희망'은 나 자신을 바르게 인식하는 현재부터 시작해야 한다.

'문학'이라는 단어가 가지고 있는 사상과 감정의 힘을 닮아 보자.
이행시와 짧은 글로 내 마음을 들여다보자.
50가지 질문과 함께 차근차근 내 마음을 경작해 보자.
대한민국 엄마들이여!
나 혼자 잘 살면 안 되지 않겠나. 나 혼자서는 잘 살 수도 없고, 우리는 죽을 때까지 함께해야 하는 자식과 가족이 있는 몸이다. 명쾌한 답이 없는 혼란함 속에서 지켜주어야 할 사람들이 있는 지금은, 강한 엄마가 필요하다. 내 정신, 내 영혼을 바짝 차리고 하루하루를 잘 살아내는 강한 엄마가 필요하다. 그러므로 다시금 읽고, 다시금 생각하고, 다시금 질문하고, 다시금 답을 내리는 성찰의 시간을 견뎌내는 것부터 시작해야 한다.
부디 이 책이,
그대의 단단한 강인함을 위해 사용되길,

그대의 소중한 사람들을 위해 사용되길,
두 손 모아 바란다.


바람이 분다

지나가는 오토바이 소리를 들으며

2020년 겨울날, **백미정**

# Contents
## 차례

들어가는 글 • 04

**제1장**

## 그래요, 고생 많으시죠? - 일상

## 제2장

이제, 챙겨 주어야 해요 – 나

## 제3장

네, 정답이에요 – 우리

 **제4장**

## 2% 부족함으로 함께해요 – 가족

## * 일러두기

차례대로 읽으며 성찰 질문 부분에 내 생각을 써도 좋고,
차례와 상관없이 마음이 가는 페이지에 머물러도 좋아요.
일주일, 한 달, 일 년 뒤에 다시 펼쳐 보고
같은 질문에 내 생각이 어떻게 바뀌었는지 써 보세요.

## 제1장

# 그래요, 고생 많으시죠?

[ 일상 ]

천천히 할까.
적당히 할까.
정,
열정,
별걱정,
오두방정.

강한 엄마 부드러운 질문 50가지

# 01 _ 오늘 : 오금이 늘 저리진 않으니

이제 슈호프의 눈에는 아무것도 들어오지 않는다. 눈부신 햇살을 받고 있는 눈 덮인 벌판도, 신호를 듣고 몰려나와 작업장을 이리 저리 왔다 갔다 하는 죄수들도, 아침부터 파고 있던 구덩이를 아직껏 파지 못하고 또 그곳으로 걸어가는 죄수들도, 철근을 용접하러 가는 녀석들이며, 수리공장 건물에 마루를 얹으려고 가는 죄수들도 전혀 눈에 들어오지 않는다. 슈호프는 오직, 이제부터 쌓아 올릴 벽에만 온 신경을 집중했다.

-이반 데니소비치 수용소의 하루. 알렉산드르 솔제니친-

오
금이

늘
저리진 않으니 괜찮은 인생이야.

18년 된 냉장고가 앵앵 돌아가며 물어본다.
"오늘은 뭐 먹을 거야?"
평범한 냉장고,
평범한 질문,
평범한 오늘.

이것들에게 특별히 감사한다.

조용한 오늘. 어수선한 오늘. 지랄 맞은 오늘. 괜찮은 오늘. 일
곱 빛깔 무지개도 아니고 원.
오늘, 그대의 마음 색깔은 무엇인가요? 왜요?

20    년    월    일

20    년    월    일

20    년    월    일

　강한 엄마 부드러운 질문 50가지

# 02_ 순수 : 양 한 마리와 빨간 장미

나는 늘 넓은 호밀밭에서 꼬마들이 재미있게 놀고 있는 모습을 상상하곤 했어. 어린애들만 수천 명이 있을 뿐 주위에 어른이라고는 나밖에 없는 거야. 그리고 난 아득한 절벽 옆에 서 있어. 내가 할 일은 아이들이 절벽으로 떨어질 것 같으면, 재빨리 붙잡아주는 거야. 애들이란 앞뒤 생각 없이 마구 달리는 법이니까 말이야. 그럴 때 어딘가에서 내가 나타나서는 꼬마가 떨어지지 않도록 붙잡아주는 거지. 온종일 그 일만 하는 거야. 말하자면 호밀밭의 파수꾼이 되고 싶다고나 할까. 바보 같은 얘기라는 건 알고 있어. 하지만 정말 내가 되고 싶은 건 그거야. 바보 같겠지만 말이야.

-호밀밭의 파수꾼. 제롬 데이비드 샐린저-

순
한 양 한 마리가

수
요일에 빨간 장미를 입에 물고 섰다.


새하얀 너희들을 지켜주는 건
뾰족 가시가 넝쿨째 들러붙어 있는 벽이 아니라
세상을 볼 수 있도록 여기저기 뚫어놓은 엉성한 테두리란다.

새하얀 너희들을 지켜주는 건
차디 찬 금속 로봇의 강한 팔이 아니라
언젠가는 흙으로 돌아갈 물렁거리는 우리들의 품이란다.

새하얀 너희들을 지켜주는 건
하나, 둘, 셋 빈틈없는 숫자들의 행렬이 아니라
절벽과 가까이 해도 된다고 말하는 불안한 자유란다.

제가 수능 시험을 쳤던 20년 전, 지금의 제 남편은 아침마다 자신이 연주한 피아노 소리를 삐삐에 녹음해서 보내 주었어요. 저를 사랑하게 되었던 거죠. 아, 옛날이여. 그대와 함께했던 순수 결정체 추억을 소환해 주세요.

20　　년　　월　　일

20　　년　　월　　일

20　　년　　월　　일

## 03_ 운명 : 운다, 웃다

나는 운명을 동경했고, 운명을 두려워했지만, 운명은 늘 거기 있었다. 늘 내 위에 있었다.

−데미안. 헤르만 헤세−

운
다, 웃다

명
명백백 드러나는 나.


매 순간 싸워라.
매 순간 찾아라.
매 순간 나이다.

어떤 책에서 봤어요. 잘 웃고 잘 우는 사람은 강한 사람이래요.
최근에 크게 웃어 보거나 크게 울어 본 적은 언제였나요?

20    년    월    일

20    년    월    일

20    년    월    일

# 04_ 죽음 : 죽이냐 밥이냐

간수들은 나에게 아주 부드럽게 대했다. 변호사는 나의 손목 위에 그의 손을 올려놓았다. 나는 이미 아무것도 생각하지 않고 있었다. 그러자 재판장이 나에게 무엇이든지 덧붙여 말할 것은 없느냐고 물었다. 나는 깊이 생각해보았다. "없습니다"하고 나는 대답했다. 내가 끌려 나온 것은 그때였다.

-이방인. 알베르 카뮈-

죽
을 만들었든 밥을 만들었든

음
미할 수 있는 냄새 한 그릇 주고 가자.


불변하는 진리.
죽음은 지금도 나에게 다가오고 있다는 것.
죽음이라는 아이에게 씨익, 하고 웃어 보일 수 있도록
오늘도 밥 한 그릇 뚝딱 한 후, 깨끗이 설거지를 했다.

요즈음, 죽음을 주제로 하는 책이 부쩍 눈에 띕니다. 참, 아이러니하죠?

'죽음'이란 단어를 떠올리면, 가장 먼저 어떤 감정이 드나요?

20    년    월    일

20    년    월    일

20    년    월    일

# 05_ 소박 : 소리 소문 없이

죽음에 대해 나를 위로하려 들지 마시오. 영광스런 오디세우스여 나는 이미 모든 사자들을 통치하느니 차라리 시골에서 머슴이 되어 농토도 없고 가산도 많지 않은 다른 사람 밑에서 품팔이를 하고 싶소.

-오디세이아. 호메로스-

소
리 소문 없이

박
수치는 시늉으로 미소 한 번.


새벽이슬 머리에 이고도
즐거워 보였던 풀 한 포기.

자신의 푸르름을 자랑하기보다
시원하게 아침을 준비하는
세상 모든 것들에게
두 팔 벌려주던 풀 한 포기.

지금 이 순간을 즐기며
좋다 좋다 말하던 풀 한 포기.

썩어 들어가는데
흙에게 미안해하며
또 만나자 온 몸으로
그리움을 표현하던 풀 한 포기.

나보고 잘 살아보자, 잘 할 수 있지?
말을 건네던 개그맨 풀 한 포기.

"그래, 여기까지 잘 왔어." 제가 좋아하는 말입니다.
그대에게 "그래, 여기까지 잘 왔어." 말해주고 싶었던 순간은
언제였나요?


20　　년　　월　　일




20　　년　　월　　일




20　　년　　월　　일

강한 엄마 부드러운 질문 50가지

# 06_ 거기 : 기린의 시선으로

열정이 내 결단을 지배하니,
열정이야말로 인간 삶의 가장 큰 공포의 근원이로구나.


–메데이아. 에우리피데스–

거
침 없는 하이킥보다

기
린의 목을 훑는 시선을 배우게 되길.


천천히 할까.
적당히 할까.
정,
열정,
별걱정,
오두방정.

저는 인간관계에 집착하는 편이라 쓸데없이 에너지 소모를 할 때가 있어요. 예를 들어, 카톡을 보냈는데 답장이 늦어지거나 이모티콘 없는 답장을 받으면 불안해져요. 아, 피곤합니다. 그대는 어떤 영역(상황)에 집착하는 편인가요?

20　　년　　월　　일

20　　년　　월　　일

20　　년　　월　　일

# 07_ 시간 : 시작과 어울리는 끝

아름다움엔 그 대가가 따른다.


-테스. 하디-

시
작과 어울리는 끝은

간
간이 집중되던 초침소리에 숨어 있다.


피다, 지다
지다, 피다

있다, 없다
없다, 있다

오다, 가다
가다, 오다


무엇이 먼저인지 중요치 않다.
매 순간마다 매 상황마다 달라지는 너의 그림자에게
열매를 가득 채워주려는 의지와 행동으로 태양을 농사지어라.

'노력은 배신하지 않는다' 라는 말이 통하지 않는 시대를 살아
가고 있습니다.
하지만, 완전히 틀린 말도 아니죠. 나의 노력이 통했던 경험을
써 볼까요?


20　년　월　일




20　년　월　일




20　년　월　일

강한 엄마 부드러운 질문 50가지

# 08_ 판단 : 판 깨고 다니는 인간들 사이에서

나의 조그만 친구여, 자네는 자네 조국에 대해서 칭찬을 했네. 고
관이 될 조건은 사악한 마음씨라는 점을 입증해 주었네.
자네 나라에서는 어떤 제도의 시작은 훌륭했지만 결국에는 부패
로 인해서 빛이 바랜 걸로 보이네. 자네 나라의 인간들은 자연이
이제껏 이 지구상에서 기어 다닐 수 있게 만들어준 벌레들 중에서
도 가장 고약한 벌레들이라고 결론내릴 수밖에 없네.

-걸리버 여행기. 스위프트-

판
을 깨고 다니는 인간들 사이에서

단
단한 씨앗을 조심스레 심으며.


내 그림자, 내 햇빛으로
영토를 지켜나갈 테니
너희들은 금 밟지 마.

'지금 알고 있는 걸 그때도 알았더라면' 후회되는 생각들이 서른아홉, 마흔에 집중되었어요.

그래도 후회할 수 있음에 감사해요. 저를 성장시켜 주는 동력이 되니까요.

그대가 후회했던 그 순간을, 긍정적으로 판단해 볼까요?

20    년    월    일

20    년    월    일

20    년    월    일

# 09_ 풋풋 : 도파민과 옥시토신

아가씨는 항상 들뜬 기분으로 지껄여 대고, 노래를 부르다가는 깔깔 웃고, 자기가 하라는 대로 하지 않으면 성가시게 굴었어요. 이렇게 걷잡을 수 없는 말괄량이기는 했지만 그 근방에서는 가장 눈이 아름답고 웃음이 앳된, 발걸음이 가벼운 아가씨였답니다.

—폭풍의 언덕. 에밀리 브론테—

풋,
도파민과 함께

풋,
옥시토신과 함께.


풀린 나사 두 개,
웃음과 사랑으로 다시 돌리다.

중학교 2학년 때, 사진반 동아리에 들었어요. 학교 운동장을 돌아다니며 한쪽 발을 들거나, 턱에 손을 괴고는 사진을 찍었던, 사진현상 값이 아깝던 시절이 있었습니다. 하하하.
그대의 풋풋했던 학창 시절 중, 하나를 톡! 따서 글로 써 볼까요?


20    년    월    일




20    년    월    일




20    년    월    일

# 10_ 에구 : 좋은 건 잠시

거짓말에 대한 나의 혐오감은 대부분 내가 그렇게도 흉악한 거짓말을 할 수 있었다는 것에 대한 뉘우침에서 오는 것 같다.

-고백록. 루소-

에
헤라디야, 좋은 건 잠시.

구
차한 나를 발견하게 될 거야.


나에 대해 절망해 본들
그 일을 반복하지 않을 자신이 있는가?

나에 대해 뻔뻔해 본들
그 일을 태연하게 넘길 자신이 있는가?

그럼 나는,
어찌 살아야 되는가?


나의 절망과 **뻔뻔함**을 캡처하여
너의 절망과 **뻔뻔함**을 잊어가는 용도로 사용하길.

절망과 뻔뻔함 중에서 한 가지를 선택해야 한다면 무엇을 선택
하실 건가요? 그 이유는요?


20　년　월　일




20　년　월　일




20　년　월　일

강한 엄마 부드러운 질문 50가지

# 11_ 기억 : 억세다

갑자기 추억이 떠올랐다.
고모가 준 한조각의 마들렌 맛임을 깨닫자 즉시 고모의 방에 있는
회색의 옛 가옥이 극의 무대장치처럼 떠오르고 심부름 가곤 했던
광장, 아침부터 저녁까지 쏘다닌 거리들이 나타난다.

-잃어버린 시간을 찾아서. 프루스트-

기
차가 긴 이유는

억
센 시간들 속에서 잘 살라는 응원이다.


5월을 지나 6월까지 담장을 점령하려는 장미들은
쿨럭!
기침 한 번에 잎들이 우수수 떨어진다.

난, 살아 있다!
쿨럭!
기를 쓰는 장미들에게
먼저 떨어진 잎들이 박수를 쳐 준다.

담장에서 살게 되든
길가에서 살게 되든
우리에겐 오늘이다.

향기를 전하게 되든
박수를 치게 되든
오늘을 기억하게 될 것이다.

저희 엄마는 보라색 수국을 좋아해요. 그래서 저는, 보라색 수국을 볼 때마다 엄마가 "정아"하고 부르는 것 같아요. 그대의 추억을 소환해주는 사물과 추억 이야기를 써 볼까요?

20    년    월    일


20    년    월    일


20    년    월    일

# 12_ 멸망 : 멸치도 생선이냐

저 매일 매일의 노동, 바로 거기에 확신이 담겨 있는 것이었다.


–페스트. 카뮈–

멸
치도 생선이냐는 물음에 멸치야,

망
연자실하게 되더라도 다시금 좋게 부활하자.


내일 지구가 멸망한다면
스피노자는 한 그루 사과나무를 심겠지만
나는 집 청소를 하겠다.
우리 아이들이 하루 더 살아갈 공간이니까.

그대가 생각하는 '특별한 하루' 의 모습을 상상하고 시간 순으로 적어볼까요?
이루어지면 정말 정말 좋을 거예요.

20　년　월　일

20　년　월　일

20　년　월　일

# 13_ 어때 : 최소한의 가식

사람들은 많지만 얼굴들은 더 많다.
누구나 여러 개의 얼굴을 가지고 있기 때문이다.

-말테의 수기. 릴케-

어
슴푸레 밀려드는 이름 모를 감정들에게

때
이른 미소 펀치로 바이바이를 고하다.


가식,
너의 노력이 헛되지만은 않았다.

가식,
니가 없으면 큰일 난다.

가식,
그래도 친하게 지내면 좀 그렇다.

가식,
이별은 늘 염두해 두었음 한다.

가식적인 인간. 어감은 좋지 않지만 가식, 없어선 안 되겠죠?
그대에게 가식이 필요한 때는 언제인가요?

20    년   월   일




20    년   월   일




20    년   월   일

## 1장을 마치며

# "좋은 엄마, 노력하는 엄마 맞던데요?"

나는, "아이들의 밝은 미래를 위해 아픈 마음을 무릅쓰고 훈계했다"고 말할 수 없다.

자유롭게 뛰어 노는 아이들이 다칠까 봐 걱정한 게 아니라 시끄러워 짜증났었고, 손을 씻지 않는 아이들의 건강이 마음 쓰여서가 아니라 세균을 옮겨 와서 아프기라고 하면 내가 병수발 들어야 한다는 생각 때문에 귀찮았고, 구부정한 등으로 앉아 책을 읽는 아이들이 자세가 흐트러지면 어쩌나 고민한 게 아니라 그냥 꼴 보기 싫은 거였다.

부모로서 마땅히 가질 수 있는 훈계라는 권리를 내 이기심에 총동원시켰다. 나에게 모성애가 있긴 한 건가, 라는 부끄러운 질문을 수 십 번 해보았다. 핑계를 대자면 내 삶은 팍팍했다. 아들 셋을 낳기만 했지 방관하면서, 경제적 책임감을 나 혼자 머리 싸매고 결혼 생활 18년 중 15년을 일만 해댔다(지금 돌이켜 보면, 쓸데없는 걱정이었다. 성취와 인정의 욕구를 채워보고자 하는 내 욕심도 한 몫 했고).

일을 안 하고 아이들을 키웠든, 일을 하며 아이들을 키웠든, 나는
나쁜 엄마였음을, 나쁜 엄마였을 것임을 안다.

착한 엄마 코스프레, 성찰 코스프레 하면서 어느 정도 열심히 살
아온 나 자신을 합리화시키기에는 그래도 양심이 살아 있다. 이
양심 붙들고 노력이라는 걸 한다. 나의 기를 몽땅 빼앗아 가는 아
들 셋을 생각하며 눈물로 기도하고, 한 번이라도 더 웃어주려고
하고, 머리를 쓰다듬어 주고, 어 그랬어? 공감의 말을 건네려 한
다. 이런 것들을 하기 위해 의지를 부단히 사용해야 하는 나는,
엄마라는 역할이 버겁고 창피하다.

그런데 지인이 나의 책들을 읽고 한 말이 잊혀지지 않는다.

"좋은 엄마, 노력하는 엄마 맞던데요?"

머리를 한 대 맞은 것 같았다(이 진부하고 멋없는 표현을 내가 쓰게 되다니. 근데 진짜 그랬다).
내가 좋은 엄마라니, 내가 노력하는 엄마라니.

아직까지도 확신이 서지 않지만, 순간순간 내가 해 오던 노력만큼은 나를 위한 것이 되지 않기를 바라는 마음이다. 지금 내가 가지고 있는 엄마로서의 죄책감, 또 한편으로 가지고 있는 좋은 엄마가 되자는 다짐이 섞여 양가감정 때문에 지칠 때도 있지만, 아들들에게 엄마라는 명함을 당당히 내밀 수 있는 어느 한 세월은 있어야 되지 않겠는가.
그래서 훗날,
"뭐, 엄마 정도면 괜찮은 편이였어요"라는 말을 아들들에게 들을 수 있게 되면 좋겠다. 답례로 눈물 한 방울 흘리며 아들들의 어깨를 토닥여 주는 멋짐뿜뿜! 엄마가 될 수 있으면 좋겠다.

제2장

# 이제, 챙겨 주어야 해요
[ 나 ]

찔리면 하지 말고
질리면 멀리 하고
잘리면 아파 하고
쫄리면 다시 하고

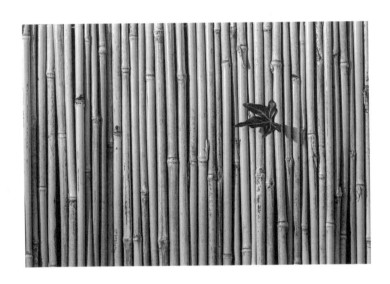

강한 엄마 부드러운 질문 50가지

# 01_ 고집 : 고래고래 소리

그는 마치 과거가 그의 손이 닿지 않는 곳에, 자기 집 앞 그늘진 구석에 숨어 있기라도 하듯 주위를 두리번거렸다.

-위대한 개츠비. 프랜시스 스콧 피츠제럴드-

고
래고래 소리를 지르든,

집
요한 침묵이든.


나는 고집 피운다
고로 나는 존재한다

누구를 위하여 고집을 피우나

이것 또한 고집이리라

고집 피우면서까지 지켜 나가고 싶은 내 삶의 소중한 가치.
상대방을 말려 죽이는 빨대를 꽂거나 원샷 후 트림을 하는 고집.
내가 포기할 수 없는 고집, 어느 편에 세울 것인가.

그대가 유난히 고집을 피우고 싶은(피우게 되는) 상황은 언제
인가요?

20    년    월    일




20    년    월    일




20    년    월    일

　강한 엄마 부드러운 질문 50가지

# 02_ 작가 : 작작 좀 해!

"그럼 조르바, 당신이 책을 써보지 그래요? 세상의 신비를 우리에
게 설명해 주면 그도 좋은 일 아닌가요?" 내가 비꼬았다.

−그리스인 조르바. 니코스 카잔차키스−

작

작 좀 하라며 내팽개쳐 버리고 싶은 내 삶이

가

녀린 처녀의 어깨로 보일 때 한 줄 끄적거려 보다.


'나의 글로 세상을 1밀리미터라도 바꿀 수 있다면'
그저,
세상에 속하여 둥둥 떠다니는
나의 허우적댐이
누군가에겐 공감의 언어로,
또 다른 누군가에겐 위로의 언어로 보일 수 있도록
볼펜을 요술봉 삼아 보는 것이다.

그대, 작가가 되었어요! 내 생각을 미리 읽고 글을 써 주는 요술 샤프의 도움으로 말이에요. 그대는 어떤 책을 세상에 내어 놓았나요? 이루어진 것처럼 현재완료형으로 써 볼까요?

20　　년　　월　　일

20　　년　　월　　일

20　　년　　월　　일

## 03 _ 끄덕 : 이제는 후련하게

내가 나 자신의 즐거움 아닌 어떤 것을 위해 글을 쓴다면 정말 세상에 둘도 없는 바보가 아니겠는가.

-달과 6펜스. 서머싯 몸-

끄
적거림을

덕
지덕지 마음에 붙였다가 이제는 후련하게.


수십 번, 수백 번 고민하는 것이 부끄럽지 않도록
'끄덕' 너 하나만 믿는다.

지금 최대 고민거리는 무엇인지 써 볼까요?
그리고 고민거리가 현실화될 확률, 장기화될 확률, 해결될 확률은 어느 정도 될까요?

20    년    월    일




20    년    월    일




20    년    월    일

강한 엄마 부드러운 질문 50가지

# 04_ 영혼 : 영치기 영차!

"알겠지만, 평화는 일이나 쾌락, 이 세상이나 수녀원이 아닌 자신의 영혼 속에서만 찾을 수 있답니다."

-인생의 베일. 서머싯 몸-

영
치기 영차!

혼
신을 다해 가꾸어 주어야 하는.


오래 전부터 기다리고 있었다며 온 몸을 떨어대는 강물의 호들갑
에서
내 마음을 토닥이고 가는 바람의 뒤꽁무니에서
웅장하나 결코 잘난 척하지 않는 나무의 상처에서
나는 필요 없냐고 슬쩍 물어보는 한 송이 꽃의 불그스름한 양볼
에서
너는 나이고, 나는 너이다 외치고 다니는 흙의 수다에서
후, 짧은 미소 한 번으로 모든 걸 사랑해주는 하늘의 근육에서
양분을 뽑아내어 수혈하다.

내 영혼을 한 번 들여다볼까요? 제 영혼의 오른손에는 진심이,
왼손에는 성찰이 있네요.
그대 영혼의 오른손과 왼손에는 무엇이 있나요?

20    년    월    일




20    년    월    일




20    년    월    일

# 05_ 가치 : 멈추었던 그 지점에서

한 사람 한 사람의 삶은 자기 자신에게로 이끄는 길이다. 길의 추구, 오솔길의 암시다. 일찍이 그 어떤 사람도 완전히 자기 자신이 되어 본 적은 없었다. 그럼에도 누구나 자기 자신이 되려고 노력한다.

-데미안. 헤르만 헤세-

가
다가 멈추었던 그 지점에서

치
어리더가 짠! 하고 나타날 거야.


내가 밟고 섰는 이 길은
옛날 아주 먼 옛날 사람들의 세월을 보여 주고 있다.
어딘가를, 무언가를 갈망했던
그들의 마음을 보여 주고 있다.
그들은 걷다가 걷다가 보니, 지치고 지칠 때가 있어
후세대 사람인 나를 위해 분업을 하였다.
목표를 향해 걷고 걷는 반복의 힘과
지금 이 자리에서 보여주고 보여주는 반짝 이벤트로 공감의 힘을
같이 얻을 수 있도록 말이다.
반복의 힘을 좋아하는 신중한 그들과
공감의 힘을 좋아하는 발랄한 그들은
서로의 업적을 치하해 주며
다시 만날 수 없겠지만 각자의 자리에서 행복하자 약속했다.

그 약속의 지점이
엄마 뱃속이 되었다.

'출생복권'이란 말이 있어요. 우리 모두는 출생복권에 당첨되어 이 세상에 태어나게 된 소중한 생명이란 거죠. 우리가 획득한 출생복권을 이용하여 그대는 나의 소중한 사람들에게 어떤 능력이 있는 복권이 되어 주고 싶나요?

20　년　월　일

20　년　월　일

20　년　월　일

　강한 엄마 부드러운 질문 50가지

## 06_ 양심 : 고민하여 보고

시각은 분명 낮인데, 시커먼 밤의 장막이 운행 중인 태양의 목을 조르고 있습니다.
생기 있는 햇빛이 땅을 비춰야 할 이 시각에 어둠이 대지를 덮고 있으니, 이는 밤의 세력이 권세를 부리는 탓일까요? 아니면 낮이 부끄러워하는 탓일까요?

-맥베스. 셰익스피어-

양
쪽 모두의 말을 들어보고

심
심찮게 고민하여 보고


찔리면 하지 말고
질리면 멀리 하고
잘리면 아파 하고
쫄리면 다시 하고

사람으로서 지켜나가야 할 것들 중 하나가 '양심'이죠. 저는 '쓰레기를 길가에 버리지 않는다'는 양심을 지켜나가고 있어요. 그대의 양심이 엄지 척! 하고 빛나는 순간은 언제인가요?

20    년    월    일

20    년    월    일

20    년    월    일

# 07 _ 반대 : 꿀꿀한 내 마음

네가 나를 미워하면 할수록 그만큼 나는 너를 더 사랑했던 것이
다.

−페드르. 라신−

반
칙인 듯 꿀꿀한 내 마음,

대
나무를 보며 씨익 웃는다.


미워하고 사랑하고 원망하고 돌아서고
우리 모두 앓고 있는 병이기에
약 먹지 말고 그냥 이렇게
서로를 정상이라 부르자.
우리들의 울타리는 서툴지만
그 속에서 하늘을 뚫을 수 있는
나무 한 그루 태어나지 않겠는가.
우리들의 거처를 하늘로 옮길 때까지
지금처럼 수다를 떨고 춤을 추자.

'수다의 방'에 오신 것을 환영합니다! 마음껏 수다를 보여주세요.

20　년　월　일
있잖아,

도대체,

나 같으면,

하여튼,

그래도 뭐,

20　년　월　일
있잖아,

도대체,

나 같으면,

하여튼,

그래도 뭐,

20　년　월　일
있잖아,

도대체,

나 같으면,

하여튼,

그래도 뭐,

강한 엄마 부드러운 질문 50가지

# 08_ 중심 : 심호흡

행, 불행은 대체로 우리의 견해에 의해 좌우된다.

-수상록. 몽테뉴-

중
간에서 멈추어

심
호흡 한 번 해 봐.


매일 하는 걸레질에 매일 묻어나오는 먼지들이
희희낙락거리며 지랄발광이다.
그렇다면 나도 너희들과 함께
작정하고 놀아보겠다.

글글글글글. 제 마음의 중심에 있는 거예요. 지금, 그대 마음의 중심을 차지하고 있는 단어는 무엇인가요?

20　년　월　일

20　년　월　일

20　년　월　일

# 09 _ 으흠 : 오늘도

우리는 우리의 밭을 경작하기만 하면 된다.

-캉디드. 볼테르-

으
리으리하지만

흠
이 없진 않지.


오늘도 허리를 굽혀
신발을 야무지게 신고
현관문을 열어 보아라.
복도가 어제와 다를 바 없는가.
그렇다면
파라다이스다.

반복되는 일상에 지칠 때가 있습니다. 그래서 조금의 변화를
주었어요. 택배 기사님이 도착하신다는 문자를 받고, 문 앞에
비타 500 음료와 함께 '택배 기사님, 감사합니다.' 메모를 붙
여 두었어요. 오늘, 그대가 선택할 수 있는 조금의 변화에는 어
떤 것이 있을까요?

20 　년　월　일

20 　년　월　일

20 　년　월　일

# 10_ 덤덤 : 옵션들과 함께

"나는 조금도 환상을 품고 있지 않습니다. 죽음이 나를 기다린다는 것을, 또 그 죽음은 당연한 대가라는 것을 나는 압니다."

-적과 흑. 스탕달-

덤
으로 받게 된 인생의 옵션들로

덤
으로 주면서 마음의 옵션들 추가하기.


별나게 굴지 말고
내 묘비명이나 생각해 보자.

절대로 쓰고 싶지 않은 나의 묘비명과 꼭 쓰고 싶은 나의 묘비명은 무엇일까요?

20    년    월    일

20    년    월    일

20    년    월    일

# 11_ 바다 : 감히 너라고 불러보다

노인은 비록 비쩍 마르고 야위었으며 목덜미에 주름살이 깊게 패어 있지만 두 눈만은 그렇지 않았다. 바다와 똑같은 빛깔의 파란 두 눈은 여전히 생기와 불굴의 의지로 빛나고 있었다.

-노인과 바다. 헤밍웨이-

바
위와 부딪히는 내 마음,

다
받아주는 너.


얼마만큼 살았는지 예측할 수 없는
주름살 개수를 보면서도
감히 너라고 불러본다.
감히 너처럼 살고 싶다.

'내가 이런 마음을 가질 수 있다니!' 바다처럼 넓은 아량을 베풀었던 나 자신에게 뿌듯함을 느꼈던 경험을 써 보아요.

20    년    월    일




20    년    월    일




20    년    월    일

## 12_ 미소 : 미리 소망이다

삶을 굽어보면서 꽃들과 말 없는 것들의 그 말을 쉽게 알아듣는 사람은 행복하구나.

−악의 꽃. 보들레르−

미
리

소
망이다.


왜 그렇게 활짝 피었니?
주인공이고 싶었니?

아, 미안.

너에게서 쉬다 가는 공벌레가
나를 흘겨 보는구나.

그래, 알았어.

꽃이 되었든 벌레가 되었든
나도 그리 살아볼게.

식탁 위 꽃 한 송이가 되었든, 베란다 앞 나무의 잎이 되었든, 파란 하늘 구름이 되었든, 내 손바닥이 되었든, 자연의 친구 중 한 곳에 시선을 고정해 볼까요? 그리고 1분만 바라보는 거예요. 자, 기분이 어때요?

20  년  월  일


20  년  월  일


20  년  월  일

# 13_ 파도 : 속이 하얗게 다 보이는

파도들은 영원한 그들의 중얼거림을 계속한다.

-노래의 책. 하이네-

파
란만장한 삶을

도
리에 맞추어야겠다며 찰싹! 때려주는.


여러분 나름대로 귓속말을 한다고 하는데
다 들려요.
"불쌍하다, 그치?"

여러분 나름대로 사랑의 회초리를 든다고 드는데
고마워요.
"아프겠다, 그치?"

속이 하얗게 다 보이는 여러분의 진심에 힘입어
다시금 바다가 되어 보겠습니다.

'너나 잘하세요' 라는 생각이 분명하게 들었지만, 틀린 말이 아니라서 나 자신의 부족한 점을 되돌아보게 되었던 경험이 있을까요?

20　　년　월　일




20　　년　월　일




20　　년　월　일

## 2장을 마치며

"한 인간으로 바로 서기 위한 고민은 교만과
겸손을 늘 동반하고 나타난다."


'이 새끼들이 진짜.'

두통이 심한 어느 날, 아들 셋 녀석들은 숙제를 하지 않고 만화 보
고 게임하며 밤을 맞이하였다. 숙제를 하지 않아 선생님께 혼이
나는 것은 너희들이 책임져야 할 몫이겠거니, 라는 생각으로 편
히 앉아 있으려 했지만 엄마들은 알 것이다. 훈계라는 명목으로
이 녀석들 잘 걸렸다, 사자후를 장착하고 싶어 하는 본능을. 이와
함께, 태클을 걸고 들어오는 로망이 있다.

'나는 아이들에게 좋은 엄마이고 싶은데 어쩌지?'

"너희들이 놀고 싶었던 거구나." 공감의 말로 시작해,
"엄마는 너희들이 숙제를 먼저 해 주었으면 좋겠어." 아이 메시지
전달법을 사용하여,
"너희들 생각은 어때?" 해결책은 스스로 도출할 수 있도록 도와

주기, 아니면

"지금 당장 숙제해!" 단호하게 말하기 기법들이 막 떠오른다.

고민은 좋은 방안을 찾을 수 있는 도구 중 하나이다.

하지만 부모로서 아이에게 어떻게 말하고 행동함이 좋은지, 좋은 부모가 되는 것이 맞는가 행복한 부모가 되는 것이 맞는가, 아니면 강하고 단단한 부모가 되는 것이 맞는지, 부모교육의 정도는 있는가에 대해 치열한 고민을 하게 되는 것은, 부모인 나의 가치를 증명해 보이고자 하는 욕심도 한 몫 하는 게 아닐까 싶다.

나쁘지 않다. 훌륭한 부모의 모습으로 타인에게 인정받고 싶어 하는 이기심이 포함되어 있지만, 고민을 하는 행위 자체가 성찰의 요소 중 하나이기에 이것을 잘 활용할 수 있는 지혜가 짝을 이룬다면, 좋은 결과를 기대해 볼 수 있다고 믿는다('좋은 결과'라는 정의는 사람마다 다를 것이다. 차분하게 잘 훈계했어, 한 번 더 심호흡을 했어, 감정적으로 혼내고 나서 반성이 되었어 등의 생각).

부모로, 아니 한 인간으로 바로 서기 위한 고민은 교만과 겸손을 늘 동반하고 나타난다. 하지만 나의 양면적인 모습을 일단 받아들이고 연결해 보는 뫼비우스의 띠는 언젠가 마음의 중심점을 찾게 해 줄 것이다. 믿음, 소망, 사랑은 늘 함께하는 것이라 했다. 내 아이들을 믿고 엄마인 나를 믿는 것, 내 아이들의 예쁜 미래를 소망하고 엄마인 나의 예쁜 미래를 소망하는 것, 그래서 내 아이들과 엄마인 나는 사랑으로 완성될 관계라는 것. 이것이 우리 마음이고 우리 자신이다.

**제3장**

# 네, 정답이에요
## [ 우리 ]

미안했던 그 마음,
가치관의 정상에 우뚝 섰을 때에는
진심을 다해 당당히 외쳐라.

# 01_ 비판 : 비스듬한 고개와 시선으로

인식하는 인간은 적을 사랑할 뿐 아니라 벗을 미워할 줄도 알아야
한다.
언제까지나 학생으로 머물러 있는 자는 선생에게 제대로 보답하
지 못한다. 그대들은 어찌하여 나로부터 월계관을 빼앗으려 하지
않는가?

−차라투스트라는 이렇게 말했다. 프리드리히 니체−

비
스듬한 고개와 시선으로

판
결을 내리는 아마추어가 되지 않기를.


육하원칙 따져가며
서론 본론 결론 나누어서
원인과 결과에 맞추어
입방정 떨어본들
너나 나나 무에 그리 다르겠나.

사람을 **빼고**
현상만을 판단하는 것,
할 수 있겠나.
지혜와 온유함을 장착한 자에게만
비판을 허락하노라.

내 생각이 맞다고 판단했는데, 시간이 지나고 난 후 상대방을
오해했다는 것을 알게 되었던 경험이 있나요?

20    년    월    일

20    년    월    일

20    년    월    일

강한 엄마 부드러운 질문 50가지

## 02_ 자백 : 자꾸 그러면 나도 모르게

나는 베풀어주고 나누어주려 한다. 인간들 가운데서 현명한 자들이 다시 그들의 어리석음을 기뻐하고, 가난한 자들이 다시 그들의 넉넉함을 기뻐할 때까지.

−차라투스트라는 이렇게 말했다. 프리드리히 니체−

자
꾸 그러면 나도 모르게

삐
적지근해지는 마음.


목이 **뻣뻣**한 사람들의 **뼈**들은
오늘도 자기네들끼리 주인님을 찬양하고 있다.
지랄라랄라~.

내가 자랑하고 싶어 하는 부분은 그것이 나의 행복의 기준이기 때문에 그렇다고 해요. 그렇다면, 행복의 기준 또한 돈의 속성처럼, 내 마음 상태에 따라 좋은 것이 될 수도 있고 나쁜 것이 될 수도 있겠네요. 그대의 진짜 행복의 기준은 무엇인가요?

20　　년　월　일

20　　년　월　일

20　　년　월　일

# 03_ 지혜 : 지진 같은 우리 마음에

세계의 악은 거의가 무지에서 오는 것이며, 또 선의도 총명한 지혜 없이는 악의와 마찬가지로 많은 피해를 입히는 수가 있는 법이다.

-페스트. 카뮈-

지
진 같은 우리 마음을 복구해 주는

혜
안.


발걸음이 예쁘다고 해서
내가 걸어온 길가에서 꽃내음이 나리라는 보장은 할 수 없다.

발걸음이 비틀거렸다고 해서
내가 걸어온 길이 황무지가 되리라는 법도 없다.

내 마음에서 꽃내음이 나더라도
내 마음이 황무지 같더라도
그것보다 더 우선할 수 있는, 가치를 발견해 주는
망원경을 찾아 떠나자.

터덜터덜 발자국을 찍어대는 여정 속에서
우리는 다시 태어날 것이다.

지혜로운 사람이 되기 위해 그대가 애쓰고 있는 삶의 모양은 어떤 것이 있을까요? (독서, 강의영상 듣기, 기도, 일기 쓰기 등)

20　　년　월　일

20　　년　월　일

20　　년　월　일

# 04_ 글쎄 : 글로리아?

삶이 끝나 고통에서 해방될 때까지는
인간 어느 누구도 행복하다고 말하지 말라.


-오이디푸스 왕. 소포클레스-

글
로리아는

쎄
한 인생 가운데 있다.


고달픔,
인생의 영역 중 하나다.
행복을 찾을 수 있느냐 없느냐,
누구 몫인지 알지?

움직여.

나와 함께 고생하고 있는 '나의 인생'에게 다섯 줄 편지 쓰기
를 해 볼까요?

20    년    월    일

20    년    월    일

20    년    월    일

## 05_ 독서 : 독한 마음을 희석시키다

"지난 한두 달간은 스피노자를 읽었어. 아직 다 이해하지 못했지만 굉장히 흥미로웠어. 산악 지대에 있는 드넓은 고원에 비행기를 착륙시키고 내려선 기분이야. 마치 와인을 마시고 취하는 것처럼 고독감과 맑은 공기에 취하지. 정말 흥분되고 행복한 기분에 젖게 돼."

-면도날. 서머싯 몸-

독
했던 내 마음을

서
서히 희식시켜 주다.


니 말이 맞아.
내 말도 맞고.
우리 모두 다 맞는 거야.

줏대 없는 게 아니야.
서로의 생각들을 조금씩 떼어 와서 뭉치고 뭉쳐
예쁜 눈사람을 만들어 보자는 거지.

씨익 미소 짓는 하얀 눈사람,
어때?

온라인 서점 '예스 24' 사이트에 들어가 내 시선을 사로잡는 표지나 제목의 책을 한 권 골라볼까요? 왜 그 책이 그대 마음에 들었나요?

20    년    월    일

20    년    월    일

20    년    월    일

# 06_ 존재 : 재주넘는 여러 가지 생각들

짐이 무거우면 무거울수록, 우리 삶이 지상에 가까우면 가까울수록, 우리의 삶은 보다 생생하고 진실해진다. 반면 짐이 완전히 없다면 인간 존재는 공기보다 가벼워지고 날아가 버려, 지상적 존재로부터 멀어진 인간은 기껏해야 반쯤만 생생하고 그의 움직임은 자유롭다 못해 무의미해지고 만다.

그렇다면 무엇을 택할까? 묵직함, 아니면 가벼움?

-참을 수 없는 존재의 가벼움. 밀란 쿤데라-

존
경합니다

재
주 넘는 여러 가지 생각들을.


'어떻게 살아갈까.'
질문이 생각나기 전부터,
방법을 물어보기 전부터,
우리는 살아가고 있었다.
그리고
내가 모르고 있는 삶의 모습은
내 앞에서 웃고 있는 그 사람에게 떠넘겨 보자.
"나, 잘 살고 있는 걸까?" 라는 질문에
"지랄하네" 하고 답해 준다면
당신은 백점 인생을 살고 있는 것이다.


이미 너이다.
이미 나이다.
이미 우리이다.
이미 함께이다.

오늘 제일 많이 했던 생각은 무엇인가요? 그리고, 오늘 제일
많은 시간을 투자한 일은 무엇인가요?

20    년    월    일

20    년    월    일

20    년    월    일

# 07_ 풍덩 : 덩더쿵

많은 것을 보려면 자기 자신을 놓아버릴 줄 알아야 한다.


-차라투스트라는 이렇게 말했다. 프리드리히 니체-

풍
만한 마음을 다이어트하면

덩
더쿵, 춤추기 쉬워 질거야.


마음 놓고 던져 봐.
너의 돌덩이들은
바다를 지켜주는 기둥이 될테니.
이후에 너는
인어의 옷을 빌려 입고
바다 속으로 내려와
너의 기둥에 입 맞추어 주렴.
작별의 키스가
슬픔이 되지 않도록
바다가 온 몸으로 함께해 줄거야.

요즈음 그대가 내려놓아야 할 감정, 생각, 말은 무엇인가요?

20   년   월   일

20   년   월   일

20   년   월   일

강한 엄마 부드러운 질문 50가지

# 08_ 희망 : 희로애락 속에서 건져 올린

최악을 말할 수 있는 한 최악은 아니다.

-리어 왕. 셰익스피어-

희
로애락 속에서 건져 올린

망
할 놈의 미소 한 개.


너 없이도 살 수 있을까.
나 없이도 살 수 있을까.
우리 없이도 살 수 있을까.

이러한 물음 자체가
너, 나, 우리의 공기가 되어
지천을 떠돌아 다닌다.

그대가 놓지 않고 있는 '희망의 모습'은 어떠한 것이 있나요?
그 희망을 놓지 않는 이유는요?

20    년    월    일




20    년    월    일




20    년    월    일

# 09_ 관찰 : 관계를 맺기 위한 전 단계

네가 어떤 사람이나 사물에 대해 애정을 느껴본 일이 있느냐고 물었다.

-젊은 예술가의 초상. 조이스-

관
계를 맺기 위한 전 단계는

찰
지게 서로를 바라보는 일.


당신의 시선들을 내 마음에 담아
조심스레 걸음을 옮겨 봅니다.
행여나 넘치진 않을까,
행여나 볼품없어 보이진 않을까,
염려를 했더니
제 몸이 순간 붕,
하늘로 떠올랐습니다.
그동안 당신과 나를 맞이해 주었던 바람이
어쩔 수 없는 친구라며 쯧쯧 혀를 차더니
저를 밀어 주었습니다.
표현은 서툴지만 속 깊은 바람 덕에
내 마음 잘 가져와 당신 곁 벌레들에게
물 한 방울 적선합니다.

좋은 관계를 유지하기 위해 애썼던 경험이 있나요? 아니면 반대로, 끊어야 할 관계라고 생각했던 경험이 있나요?

20    년    월    일



20    년    월    일



20    년    월    일

강한 엄마 부드러운 질문 50가지

# 10_ 변화 : 변하지 않는

분노는 강 속에서 일체의 의미와 함께 씻겨 내려갔다. 의무는 헌병이 내 멱살을 잡을 때 사라져 버렸다. 나는 몸차림에 별로 관심을 두지 않았지만 군복은 벗어버리고 싶었다.

-무기여 잘 있거라. 헤밍웨이-

변
하지 않는 그것이

화
려한 날개짓을 할 수 있는 시초.


너,
이미 알고 있었잖는가.
차디 찬 갑옷이
너에겐 어울리지 않음을.
너의 장엄함을 기억하고 있는
깊은 상처들의 울부짖음이
갑옷을 뚫을 기세다.
비록,
화살은 살을 스쳤으나
총알은 피해가는 너의 몸뚱아리.
피비린내를 무서워하지 않는 너를
총알은 알고 있었다.


너답게 우리답게 시원하게
한 번 터져 보자.

지금으로부터 10년 전, 내가 소중히 여겼던 가치관, 물건, 사람, 꿈 등을 떠올려 볼까요? 그리고 10년 뒤 오늘, 소중한 마음 그대로 간직하고 있는 것은 무엇인가요?

20    년    월    일

20    년    월    일

20    년    월    일

# 11_ 침묵 : 침침해

오지랖하고는, 제발 입 좀 다물어.

–타르튀프. 몰리에르–

침
침한 눈과 마음에

묵
념을 해 주었으면.


야, 오지랖!
이런 속담 들어봤어?

'침묵은 금이다'

가만히 있어 봐.
금 좀 캐자.
지가 무슨
금인 것 마냥.

침묵이 가장 힘이 세었던 순간을 써 볼까요?

20    년    월    일

20    년    월    일

20    년    월    일

강한 엄마 부드러운 질문 50가지

## 12_ 공감 : 공격과 수비 후에

"이보게, 문학에서는 모든 관념에 앞과 뒤가 있단 말이네. 어느 쪽이 뒤인지는 아무도 확언할 수 없어. 사상의 영역에서는 모든 것이 양면적이지. 관념이라는 것은 이원적이야."

-잃어버린 환상. 발자크-

공
격과 수비가 끝나면

감
사의 시간, 휴식.


그냥 이렇게 잘 살아가자.
그냥 이렇게 좀 쉬자.

도무지 내가 이해할 수 없는 사상을 가지고 있는 사람이 했던
말을 떠올려 볼까요? 이번에는, 그 사람을 이해하는 입장에서
글을 써 보아요.

20　년　월　일

20　년　월　일

20　년　월　일

# 13_ 타인 : 서로를 알아 줄

자신을 계속 속이는 것이 절대적으로 필요한 일일까?


―구토. 사르트르―

타
일러 주고 싶은 내 마음과 네 마음은

인
고의 시간 뒤에 서로를 알아줄 것이다.


고지를 향해 올라가고 있는 우리네 표정은
영웅.
내가 선택한 이 길을 책임지고자 하는 일그러짐,
내가 선택한 이 길에서 발견할 수 있는 싱긋 미소,
내가 선택한 이 길을 같이 걸어가고 있는 어깨동무와 발자국,
내가 선택한 이 길의 바람이 들려주는 사람들 이야기.
여기서 우리가 누군가를 속이고자 하는 마음은
타인의 상처에 연고가 되고픈 조그마한 발칙함 정도가 되겠다.
미안했던 그 마음,
가치관의 정상에 우뚝 섰을 때에는
진심을 다해 당당히 외쳐라.

미안하다 말하기엔 좀 그런, 미안하다 말하기엔 시간이 많이
지나버린 일이 있나요?

20  년  월  일

20  년  월  일

20  년  월  일

# 14_ 인사 : 살아진다

이 중환자는 아직 스무 살 정도밖에 되지 않았지만 벌써 머리가 좀 벗겨졌고 흰 머리칼이 섞였으며 창백한 얼굴은 무척 초췌했다.
손도 크고 귀도 큰 사나이였지만, 두 청년의 문병에 눈물을 글썽이며 기뻐했다. 그가 두 사람에게 인사하고 꽃다발을 받을 때에는 마음이 약해져 정말로 울었다.

-마의 산. 토마스 만-

인
생이 살아진다는

사
람냄새 나는 그대에게.


당신을 보면 흔들게 되는 다섯 손가락 안에
나의 우주를 꾹꾹 눌러 담아 놓을 테니
다음번에 만날 때는
함께 나누어 보게요.

우주,
당신을 닮아있을 거예요.

꼭 한 번 만나보고 싶은 사람이 있나요? 이유는요?

20    년   월   일

20    년    월    일

20    년    월    일

강한 엄마 부드러운 질문 50가지

# 15_ 까악 : 재수 없다고?

그는 반드시 동급생들을 앞지르고 싶었다.
하지만 대체 왜 그래야 할까?
그 이유는 한스 자신도 알지 못했다.

-수레바퀴 아래서. 헤르만 헤세-

까
마귀 울음소리는 재수 없다고?

악
한 심정으로 막 갖다 붙이긴.


욕심일까
의무일까
본능일까

내 마음이 움직이는 이유,
무엇이었음 좋겠습니까

나 자신의 악한 마음을 깨닫고 절망했던 순간이 있었나요?

20    년    월    일




20    년    월    일




20    년    월    일

" '추억'과 '눈물'은 '우리'라는 이름으로
함께했기 때문에 태어날 수 있었던 단어들이다."


"물도 가져가자. 종이컵도."

우리 가정은 어머님, 형님과 함께 종종 나들이를 갔었다. 씨월드
투게더라고 해서 힘든 건 없다. 할 말 다하며 싸우며 정이 제대로
든 어머님께는 가끔 엄마라 부르고, 결혼을 하지 않은 형님은 우
리 아들들에게 물질과 마음의 후원을 아끼지 않으신다. 결혼 전
부터 형님을 언니라 불렀고 지금도 언니라 부르며 서로의 마음을
편히 이야기한다.

다만, 타고난 기질과 살아온 환경이 달라서 답답해 보일 때가 있
었던 건 사실이다. 대표적인 예가 나들이의 친구인 김밥, 물과 관
련된 일이다.

어머님은 머리부터 발끝까지 절약이라고 쓰여 있다. 휴지는 절반
만 뜯어 사용하시고, 약국 가서 약값도 2천원씩 꼭 깎으시고, 어
머님 돈 주고 사 입어 본 옷이 없으며, 양파껍질과 파 껍질로 뭐가
됐든 요리를 만드신다.

나들이 가는 날 새벽에는 무려 3시간 동안 김밥을 만드신다. 전날

에 마련해 놓은 우엉, 지단, 오이, 맛살, 햄에 깻잎과 치즈를 보태
어 거의 20줄에 가까운 김밥이다. 마실 물은 1.5리터 플라스틱 통
에 담고 인원수대로 종이컵을 챙겼는지 훑어보신다.

몇 년 전까지만 해도 나는 '그냥 사 먹으면 될 텐데'라는 생각이
지배적이었다. 여행은 원래 돈을 쓸 수밖에 없고 돈을 쓰러 여행
을 가기도 하니 말이다. 밥 차리고 설거지하는 것을 쉴 수 있다는
해방감도 여행의 묘미 아니겠는가.

지금도 이러한 생각에는 변함이 없다. 다만, 3시간 동안 김밥을
만들고 물을 챙기시는 어머님을 아무렇지 않게 바라보는 시선이
생겼다. 그 사람의 인생을 살아보지 않고 너를 이해한다, 너는 그

러면 안 된다, 라고 판단하는 것 자체가 말이 안 된다고 생각하는 가치관이 생기고 난 이후부터다.

남을 판단하기는 쉬우나 반대로 남에게 판단 받기는 싫은 나의 이기심을, 상대방을 너그러이 바라보고자 하는 아량으로 덧칠하고 싶은지도 모르겠다.

어찌 되었든 이제 김밥과 물은 나에게 추억거리가 되었다. 언젠가는 김밥만 봐도 어머님의 투박한 손을 떠올리게 될 것이다. 종이컵에 담긴 물만 봐도 어머님 생각에 눈물을 흘리게 될 것이다.

'추억'과 '눈물'은 '우리'라는 이름으로 함께했기 때문에 태어날 수 있었던 단어들이다. 사람마다 가지고 있는 추억과 눈물이 다 다른 만큼, '우리'라는 모습도 다 다르니 서로의 '우리'를 존중해 주며 더 나은 우리들만의 '우리'를 만들어 갔으면 좋겠다.

우리가 그랬으면 좋겠다.

## 제4장

# 2% 부족함으로 함께해요

## [ 가족 ]

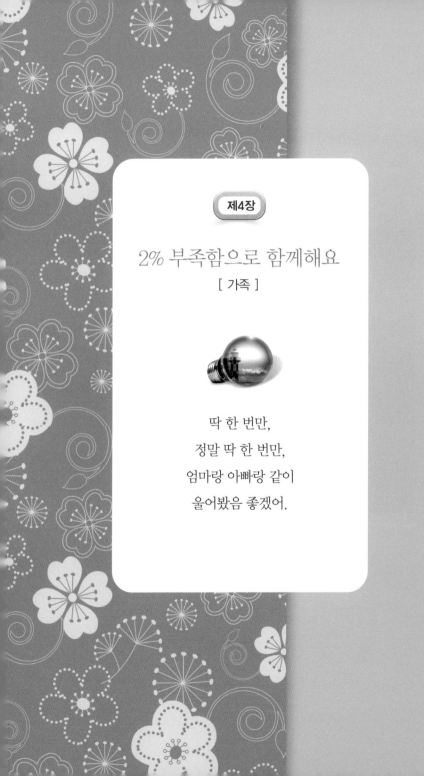

딱 한 번만,
정말 딱 한 번만,
엄마랑 아빠랑 같이
울어봤음 좋겠어.

# 01_ 고민 : 고칠 수 있는가, 존재를

내가 선을 뛰어넘을 수 있는가, 아니면 넘지 못하는가! 나는 벌벌 떠는 피조물인가, 아니면 권리를 지니고 있는가.

−죄와 벌. 도스토옙스카−

고
칠 수 있는가, 나의 존재를.

민
첩한 생각과 신중한 생각 속에 푹 잠기다.


교만과 겸손의 교차점.
선택에 따라 결과가 달라질 것이나,
한 번의 선택과 결과로 끝날 수 없는
뫼비우스의 띠.

가족 앞에서는 나의 본성이 그대로 드러나 괴로울 때가 있어
요. 나의 본성을 닮아있는 가족 구성원은 누구인가요? 그 모습
은 어떠한가요?

20　　년　　월　　일




20　　년　　월　　일




20　　년　　월　　일

강한 엄마 부드러운 질문 50가지

## 02_ 핑계 : 핑, 눈물이 돈다고 해도

권력은 수단이 아닐세. 목적 그 자체이네. 혁명을 보장하기 위해
서 독재를 행사하는 게 아니라 독재를 하기 위해서 혁명을 일으키
는 걸세.

-1984. 조지 오웰-

핑,
눈물이 돈다고 해서

계
수할 것을 슬쩍 넘어가면 안 되지.


다 너를 위한 거야.

아무래도 글자 하나를 잘못 쓴 것 같다.

다 나를 위한 거야.

내가 가장이라면 또는 가장이라서, 철저히 지키고 싶은 가족
내 규칙이 있나요?

20    년    월    일




20    년    월    일




20    년    월    일

강한 엄마 부드러운 질문 50가지

# 03_ 우리 : 우왕좌왕거려도

강인했기 때문에 그토록 인간을 경멸하면서도 동시에 그들과 함께 살고 일하려는 그를 나는 존경했다. 나라면 그런 사람들과 함께 살아가려면 금욕주의자가 되었거나 그들을 가짜 깃털로 꾸며 놓을 수밖에 없었을 것 같았다.

-그리스인 조르바. 니코스 카잔차키스-

우
왕좌왕거려도

리
어카는 언덕을 넘어간다.


봄,
여름,
가을,
겨울.

너희들을 이어주는 시간의 틈새를
'함께' 라고 명명하다.

우리 가족은 4계절 중, 어떤 계절을 가장 많이 닮아 있나요?
그 이유는요?

20    년    월    일




20    년    월    일




20    년    월    일

# 04_ 행복 : 편견과도 함께

"당신이 눈부실 정도로 완벽하게 행복했을 때만이 저를 '디아시 부인'이라고 부를 수 있어요."
"그럼 오늘 저녁은 어떤가요, 디아시 부인?"

-오만과 편견. 오스틴-

행

여나 했던 편견과도 함께

복

되고 찰지게 살아갈 수 있는 우리 사이.


이해하려 하면 할수록 더 이해가 되지 않는
아이러니 속에서,
서로를 잊으려 하면 할수록 더 알아갈 수 있는
아이러니 속에서,
밋밋한 농담을 하면 할수록 진한 마음을 깨달을 수 있는
아이러니 속에서,
제대로 느낀다.

당신을.

죽는 순간까지 간직하고 싶은 '가족과의 추억' 한 장면은 어떤
것인가요?

20   년   월   일




20   년   월   일




20   년   월   일

# 05_ 아하 : 아닌 것 같지만 그냥

어두운 밤에 잘 보이지 않는 길을 마차를 타고 질주하는 것이 내가 생각하는 행복이다.

-여인의 초상. 제임스-

아
무래도 아닌 것 같은데 그냥

하
하하, 웃어버렸다.


끈적끈적한 밧줄로 묶여져
터벅터벅 걸어갈 수밖에 없는
이 공간 속에서
우리 각자가 할 수 있는 일은 무얼까.

밧줄이 엉키지 않도록
나의 스텝을 잘 조절하는 박자 감각.
서로의 발자국에 입 맞춰 주는 여유.

그것이
감탄사이다.

가족이라도 때로는, 참기 힘든 상황을 맞이할 때가 있습니다. 내가 생각해도 잘 참았다 싶었던 순간이 있나요? 멋진 나에게 감탄해 주세요.

20　년　월　일

20　년　월　일

20　년　월　일

강한 엄마 부드러운 질문 50가지

# 06_ 미안 : 미리 안습

"검둥이한테 가서 내 머리를 숙이고 사과하기로 결심하기까지는 15분이나 걸렸습니다. 그러나 마침내 나는 이 일을 해내고 말았지요. 그리고 나중에 가서도 그에게 사과한 것을 후회한 적이 없습니다. 이 일이 있고부터는 다시는 그에게 비열한 장난을 치지 않았습니다. 만약 짐이 그렇게까지 마음 상할 줄 진작 알았더라면, 아마 처음부터 그런 장난을 치지 않았을 겁니다."

-허클베리 핀의 모험. 마크 트웨인-

미
리

안
습.


호수에 던진 돌멩이가 몇 개인가.
셀 수 없었다.
호수를 향한 최소한의 예의였다.

미안한 말과 행동을 유난히 많이 하게 되는 가족 구성원이 있습니다. 오늘은 그 사람에게 다섯 줄 편지를 써 볼까요? 건네지 못해도 좋아요. 내 마음을 깊이 들여다보는 것이 중요하니까요.

20   년   월   일

20   년   월   일

20   년   월   일

강한 엄마 부드러운 질문 50가지

# 07_ 편견 : 마음대로 지껄이지 마

우리 자신의 능력으로 참과 거짓을 판단하는 것은 어리석은 것
이다.


―수상록. 몽테뉴―

편
한 상대라고 마음대로 지껄이면

견
과류를 얼굴에 맞게 될 거야.

엄마를 생각하면
짜증도 나고 미안하기도 하고
그래서 웃어버려.

아빠를 생각하면
답답하기도 하고 저리기도 하고
그래서 웃어버려.

근데
엄마, 아빠를 동시에 생각하며 글 쓰는 지금은
눈물이 나.

딱 한 번만,
정말 딱 한 번만,
엄마랑 아빠랑 같이
울어봤음 좋겠어.

엉엉 울어봤음,
좋겠어.

만약, 내 부모를 향해 단 하나의 감정만을 표현할 수 있다면 그대가 선택할 감정은 무엇인가요?

20    년    월    일

20    년    월    일

20    년    월    일

강한 엄마 부드러운 질문 50가지

# 08_ 자연 : 3 대 1

아무리 격렬하고 죄악스러운 반역의 영혼이 이 무덤 속에 숨겨 있을지라도 그 위에 피는 꽃들은 순결한 우리 눈으로 우리를 잔잔하게 바라보고 있다. 무덤 위의 꽃들은 자연의 영원한 화해와 무궁한 생명을 말해준다.

-아버지와 아들. 투르게네프-

자
매들의 어깨동무와 투닥거림이

연
하게 채색되어 있는.


당신이 미워서
내 마음 꽁꽁 숨겨두었는데,
그게 아니었나 봐요.

녹고 피고 맺히는 계절들에게
3 대 1로 지고 나서야 말해요.

당신을 사랑해요.

오늘, 사랑한다고 말해 주고 싶은 가족 한 명을 떠올려 보세요.
그리고, 꼭 말해 주세요. 사랑한다고.


20 　 년 　 월 　 일




20 　 년 　 월 　 일




20 　 년 　 월 　 일

# 09_ 빙글 : 돌려 말하지 마

인간은 노력하는 한 방황하는 존재다.

-파우스트. 괴테-

빙
산의 일각이라며

글
렀다며 돌려 말하지 마.


한 번 더 살아내자며
너는 돌아보기라도 했니?

한 번 더 살아내자며
서로를 돌려주어 봤니?

한 번 더 살아내자며
우리 주변을 돌아다녀 봤니?

한 번 더 살아내자며
우주를 굴려보았니?

우리 가족을 물건에 비유해서 긍정적으로 표현해 볼까요?

(예. 우리 가족은 커피이다. 뛰어나게 맛이 있는 것이 아닌데도 자꾸 찾게 되고, 함께 하면 휴식처럼 느껴지기 때문이다.)

20    년    월    일

20    년    월    일

20    년    월    일

# "그대들을 무지갯빛 입혀"

빨

리빨리 시간이 흘러갔음 했어요. 어른이 되는 게 꿈이었죠. 그대
들이 무서웠거든요.

주

마등이 될 수 없는, 이것저것 섞여 있는 내 기억들을

노

트에 써 내려간 지 삼십 년입니다. 하지만,

초

연할 수 있는 제 모습을 바란다는 건 욕심이겠죠?

파

고 팠더랬어요. 글로 부활한 상처들을 묻어버릴 수 있는 마음 구

덩이가 필요했거든요.

남
들에게 들키는 게 부끄러워 그랬던 건 아니에요. 오해 마셔요. 이
제는 말이에요,

보
석일 수밖에 없는 그대들을 무지갯빛 입혀 마음 구덩이 위에 두
고 싶어요.

엄마,

내 가족 중 누구에게 편지를 쓸까 잠시 고민했어요. 마음의 시선이, 엄마에게 많이 머물게 되네요. 편지 쓰는 게 몇 년 만인지 모르겠어요. 제가 결혼하고 나서 엄마 생신날, 편지라 말하기 민망한 엽서 몇 번 쓴 거 말고는 없지 싶어요. 그러니까, 18년은 족히 지났습니다.

지금 양볼이 조금 발갛게 달아올라 있어요. 분명 겨울이구요, 방안 온도도 적당합니다. 아들 셋 엄마가 된 딸이 엄마에게 편지를 쓴다는 것, 저에겐 특별한 행위인 것 같아요.

몇 년 전, 저를 위로해 주면서 신앙적으로 이야기가 잘 통하는 사람을 만났더랬어요. 그 사람을 통해 저를 보게 되었죠. 말과 삶이 완전 어긋나 있는 모습이 저의 판박이었습니다. 인생에 징징대고, 남편의 존재를 무시하고, 사람이 많은 곳에 가면 아주 크게 웃어대며 나 자신을 드러내다가도, 집에선 게으름의 극치를 보여준 백미정이었어요. 그때 받게 된 충격, 상대방에 대한 신뢰가 무너졌기 때문이 아니었어요. 다른 사람들도 나를 보며 얼마나 충격을 받았을까, 라는 생각에 제대로 멍을 때리게 되었어요.

정신이 번쩍 들었습니다. 가족들 눈에 괴물같이 비쳤을 저 자신에게 철저히 비참해하며 실망한 뒤, 그동안 왜곡된 몸부림으로 다져진 맷집을 잘 사용해서 현실과 제대로 붙어 봐야겠다 결심했어요. 정확히 말하자면, 현실을 온 몸과 온 마음으로 받아들일 준비를 해야겠다 싶었어요. 그리고, 여기서 끝내지 말고 현실을 돌

파해야지! 입술에 힘을 꽉 주었습니다.

엄마,
그런데 엄마는 어떻게 이겨냈어요? 저는 하나님도 계시고, 좋은 남편도 있고, 책도 많고, 글 쓰면서 이겨낼 수 있었지만 엄마는 아니잖아요. 하나님도 안 계시고, 아빠에 대해선 할 말 없고, 책 읽고 글 쓰는 삶이야 까마득한 옛날이 되어 버렸는데 말이에요. 이해가 안 돼요. 자식들만 바라보고 엄마의 반평생을 견뎌내고 이겨내는 것에 다 쏟아부은 게. 진짜 이해 안 돼요. 흔들리는 엄마의 치아, 연골이 다 닳은 엄마의 무릎은 이해돼. 그건 이해돼.

엄마,
나 되게 어렸을 때, "내가 이다음에 돈 많이 벌면 한 달에 두 번씩 보약 지어줄게." 약속했었잖아요. 그리고 이내 마음이 바뀌었죠. "어쩌면 한 달에 한 번밖에 못 해 줄지도 몰라." 지금까지 한 달에 두 번도, 한 달에 한 번도 보약 못 지어드려 죄송해요. 이 책 인세 받으면 보약 드실 수 있게 해 드릴 거예요. 이건 약속 지킬게요. 내가 엄마한테 진짜 못하는 말, 그래서 글로 써요.

엄마, 감사합니다. 그리고 사랑해요.

2021년 1월 25일, 엄마의 영원한 미뽀
큰딸 **백미정** 드림

"작가의 사명감으로, 엄마의 사명감으로 썼다.
눈물도 조금 나려 한다."


"할머니, 행복하게 사셨어요?"
"메리, 난 내 인생을 그런 식으로 생각하지 않아. '내게 주어진 시
간과 재능을 제대로 잘 썼나? 내가 있어서 세상이 더 살기 좋은
곳이 되었나? 나 자신에게 이렇게 묻지."

메리 파이퍼의 《나의 글로 세상을 1밀리미터라도 바꿀 수 있다
면》 책에 나오는 글이다. 다섯 번을 내리 읽으며 밑줄 긋고 별표
를 해 놓았다. 그냥 행복이 아니라, '우리들의 행복'이 되면 더 좋
다는 뜻이리라.

지금 우리들의 지구와 우리들의 미래가 혼란하고 우울하고 불안

하고 무기력한 이유, 그것은 '나만의 행복'을 강조했던 교육과 삶의 모습 때문이 아닌가 생각해 본다. 행복도 경쟁하는 시대를 살았다. 행복도 포장하는 시대를 살았다. 산이고 바다고, 인간만의 행복을 위해 부수고 깎고 없앴다. 없어도 되는 물건을 사재기하고 배가 터질 것 같은데도 먹고 또 먹었다. 내 감정이 최고라며, 기분이 태도가 되었다. 가슴이 울렁거릴 정도로 부끄럽다.

그 대가를 치르고 있는 것 같아서 당연하다 싶다가도, 이러다가 언제 지구가 멸망하게 될지 몰라 심히 걱정이다. 내가 죽고 난 후에 지구가 멸망하면 좋겠다 싶다가도, 그럼 내 아이들은 어떡하나 또 심히 걱정이다. 내 이기심은 끝이 없구나, 또 심히 걱정이다.

부끄러움, 걱정, 이기심을 알게 해 주었던 행위들,
'나의 행복'이 아닌 '우리들의 행복'에 편들어 줄 수 있도록 도와준 행위들,
"니가 이렇게 변한 걸 보면 하나님이 살아 계시다는 것을 인정하지 않을 수 없어." 남편의 고백이 있기까지 지금의 나를 지탱해준 행위들,

그것은 '읽고 생각하고 질문하고 답하는 것' 이었다.

작가의 사명감으로, 엄마의 사명감으로 썼다. 눈물도 조금 나려
한다.
그대의 사명감에도 눈물이 나길 바란다.


읽고
생각하고
질문하고
답하는 삶을 응원한다.

"나에게 보내는 성장 신호"

나의 하루하루를
잘 살아가는 가운데,
문득문득 스쳐 지나가는
생각들을 살짝 잡아두고
더 깊이 관찰해 보자.
내가 잡아당기고 싶었던 그 생각들은
나에게 성장하라고 신호를 보내는,
하늘이 허락하신 운명이다.

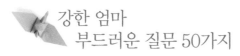

강한 엄마
부드러운 질문 50가지

| | |
|---|---|
| 초판인쇄 | 2021년 01월 27일 |
| 초판발행 | 2021년 02월 03일 |

| | |
|---|---|
| 지은이 | 백미정 |
| 발행인 | 조현수 |
| 펴낸곳 | 도서출판 프로방스 |
| 마케팅 | 최관호 |
| IT 마케팅 | 조용재 백소영 |
| 교정교열 | 권 표 |
| 디자인 디렉터 | 오종국 Design CREO |

| | |
|---|---|
| ADD | 경기도 고양시 일산동구 백석2동 1301-2 |
| | 넥스빌오피스텔 704호 |
| 전화 | 031-925-5366~7 |
| 팩스 | 031-925-5368 |
| 이메일 | provence70@naver.com |
| 등록번호 | 제2016-000126호 |
| 등록 | 2016년 06월 23일 |
| ISBN | 979-11-6480-099-5  03810 |

정가 15,000원